假如终将痛苦地死去

If eventually die in pain

邹进◎著

作家出版社

图书在版编目（CIP）数据

假如终将痛苦地死去 / 邹进著. —北京：作家出版社，2014.12

ISBN 978-7-5063-7743-0

Ⅰ. ①假… Ⅱ. ①邹… Ⅲ. ①诗集－中国－当代 Ⅳ. ① I227

中国版本图书馆 CIP 数据核字（2014）第 298169 号

假如终将痛苦地死去

作　　者：邹　进
责任编辑：张　平
装帧设计：王泽林
出版发行：作家出版社
社　　址：北京农展馆南里 10 号　　邮　　编：100125
电话传真：86-10-65930756（出版发行部）
86-10-65004079（总编室）
86-10-65015116（邮购部）
E-mail:zuojia@zuojia.net.cn
http://www.haozuojia.com（作家在线）
印　　刷：北京市玖仁伟业印刷有限公司
成品尺寸：130×210
字　　数：125 千
印　　张：7.75
版　　次：2015 年 1 月第 1 版
印　　次：2015 年 1 月第 1 次印刷
ISBN 978-7-5063-7743-0
定　　价：35.00 元

—— 邹进 ——

写有诗集:《为美丽的风景而忧伤》、《它的翅膀硕大无形，一边是白昼，一边是黑夜》、《坠落在四月的黄昏》、《今夜倚马而来》，与霍用灵合编《情绪与感觉——新生代诗选》。

诗的解析

邹 进

诗除了形式上与散文不同，其根本在于诗的审美期待不同于散文。诗不讲故事，不叙述过程，不设计冲突，即便是叙事诗、史诗，也不强调刻化人物形象。诗表现带有哲理的情感和情感化的哲理。诗人某些方面像哲人，但不是哲学家。

道理都在生活当中，诗人要做的，是把这些道理变成哲理，但他不是讲，而是寄托在物象上，相看两不厌。情感也是随时发生的，诗人要做的，就是通过个人的情感表达普遍的情感、偶然的情绪，却与永恒的真实相关。“旧时王谢堂前燕，飞入寻常百姓家”，人类都是盛极而衰，事物没有永恒，诗人要在中间找到永恒，就是普遍的情感。如此平和的描述，让人感到忧伤，通过人事时地物，具有了历史的情怀，不是诗人是做不到的。

诗情诗意在日常生活中随处都能感受到，与日常生活现象不同，诗是瞬间的彻悟。钻石也是石头，但它稀有，而且绚丽，人们就不再认为它是石头。诗在我们日常生活中，诗人可以发现它，把它找出来，以诗的形式表现，让它符合心理节奏，然后使人愉悦，还能给人智慧。

这个集子里的两首诗，基本可以描述诗的创作过程。《诗人》写的是第一个过程。“这是一个存在的/你们看不到的世界/这是一个你们看到了/就不再存在的世界……离开我/你们就词不达意是我/说出你们想说的而/你们说不出”——诗人是常人的另一对眼睛，另一副感官，像超生波一样，谛听人心中的另一种声音，那个声音是存在的，只是他们自己听不到。这就是灵感吧。

灵感对诗人也不是随手可得，诗人的工作就是捕捉这些灵感，记录下它的踪迹，然后一路追寻，直到得手。诗人培养的，就是这个能力。像狩猎一样，猎人总是要比其他人更知道猎物出没的规律，他知道在哪里下套，在哪里设陷阱，然后守株待兔，不是随便在哪里等着猎物出现。

《西西弗斯》讲的是诗人的写作过程。这比捕捉灵感的过程要艰难得多。大多数人止步于灵感，而无法把它变成诗。诗人搬弄文字，如搬弄是非，在是中找非，在非中寻是。就像西西弗斯一样，每天都重复一个动作，把滚落的石头重新往山上推。“这个字就是那块巨石 / 被我用笔撬动往山坡上推移 / 词不达意，又一笔勾销 / 可怜它就从山头滚落　　我每天倾望那个山头 / 那是一座审美的高峰 / 今生它就是我的宿命 / 命令我吐尽心头之血”——诗人永远都在重复一个动作，写一写，然后涂掉，总是感觉差那么一点。

文字是要训练的，非一日之功。一个人有诗人的天分，可能比其他人要敏感一些，性情一些，但要成为诗人，必须经过长时间的训练，这里有捕捉事物能力的训练，同样重要的是文字修辞训练。很多人忽略这方面能力的培养，以为自己天生就是诗人。业余诗人写着玩，吟诗作对助酒兴；而职业诗人，在文字训练上也应该是职业化的，不能用那点天分当作诗人的标志。诗人要用他的出其不意，让他的读者能顿然生悟到了然于心，跟他一起进入第二现实。

所以天才必是匠。我们不能指望天才，匠是可以期待的。天分只是生理上的差异，不足者后天可以补齐，有余者通过琢磨而达到至美。

围棋界，马晓春是天才，钱宇平是天才，因为匠气不够，求胜之心不足，在他们手中注定开创不出一个时代。而陈祖德、聂卫平，天分未必比得上前两位，但他们刻苦训练，求胜心切，抓住任何机会，挑战所有对手，虽然陈祖德时期没有打败日本人，聂卫平时期又被韩国超越，但他们无疑开创了属于自己的时代。

崇高和优美，作者可以理解为审美趣向，读者可以理解为审美结果，批评者常常会把如何创造一个具有审美价值的文本之方法与其结果混为一谈，就会产生这样的结论：因为美所以美。美不分优美和崇高，美只有一种，因为我们说美，并不是说审美的结果而是说创造美的方法，美只有一种。

如果作者审美趣向是崇高，他就会选择一些重大题材作为审美对象，比如雨果的《九三年》、托尔斯泰的《战争与和平》；如果作者审美趣向是优美，他就会选择一些较小的题材，比如生活、爱情，像普希金的抒情诗、巴乌斯托夫斯基的散文。

稼轩词和李清照的词，审美趣向完全不同，但二者完全可以比较，可以同日而语，没有高低之分。因为他们的作品都是完美的文本。他们一定都遵循了共同的艺术规律而达到同一境界。

批评家就是要知道，进而告诉作者和读者，他们是通过何种路径，用何种方法达到这个结果的。他们如何把故事变成小说，如何把事件变成戏剧，如何把日记变成散文，又如何把分行文字变成诗。批评家说，一切美都是形式的美，一切文本都是形式，审美存在于形式之中。他在什么程度上掌握了形式，就决定了作品的高低。

成功的秘诀在哪里呢？第一个要否定的就是天才，如果没有专业、刻苦、长期的训练，任何天才也注定成不了作家。当然，如果没有天分和喜好，再刻苦也没用。天才只能是比别人少花一点时间而已。常常有这种情况，一个人喜爱创作，还想当作家，虽然天资一般（不能没有），经过长期刻苦训练，最终如愿以偿。我大概属于这一种吧。

从情绪与感觉到领悟与低语

霍用灵

邹进是我认识的第一位诗人。

36 年前，1978 年的早春 2 月，我们在吉林长春相遇，我们俩是吉林大学中文系 77 级的校友。我仿佛记得，邹进来学校报到时，是我在 7 舍楼下接的他，帮他把行李搬到 2 楼。彼时他戴着一顶军棉帽，穿一双军用的棉大头鞋，脸型方正而略瘦削，两眼炯炯有神。他的行李中，有用降落伞布改作的床单，那是他作为飞行员的标记之一。邹进是来自内蒙古的考生，1975 年，他从南京高中毕业后，瞒着父母跑到内蒙古去插队。他身上似乎披挂了草原的风霜而来，带着一股勃勃生气。在我的印象里，他是一个典型的插队知识青年，朝气蓬勃、充满理想、一身正气。所以，当我知道他写诗，而且特别喜欢马雅可夫斯基那种抒情长诗，觉得他理应如此，因为他的气质与革命年代的理想、青春、热情等形容词，非常吻合。

大学期间的邹进，几乎是我们班公认的诗人气质的代表，赤子心诗社里的其他诗人，尽管后来的名气和成就，许多人都超过了邹进，但说到邹进时，最贴切的形容词，依然还是“诗人”。

三十多年过去了，邹进身上的诗人气质，渐渐地消退了。他与时代的共鸣，却没有减弱。

1986 年左右，邹进在《中国》当诗歌编辑，我在《舰船知识》当编辑。虽然都是编辑，但我是科普杂志编辑，邹进是文学杂志编辑，我常跑去找邹进，和他聊文学。那时的邹进，对文学充满了热情，他鼓励我多写作品，还帮我发表了几篇诗歌和散文。后来，他又拉着我一起编辑了新生代诗选《情绪与感觉》。我那时写了一些新诗，几乎都是在邹进的感召下完成的。

作为一个热情洋溢的诗人，20 世纪 80 年代末，邹进参与了国内许多重要的诗歌事件，亲身经历了新诗的种种流变，自己也全然地投入到诗歌的创作之中。但我在旁边看，邹进那时还没有找到属于自己的诗歌风格和感觉。那是一个急速变化的时代，无论是社会还是文学，都日新月异。他从学校开始的诗歌创作，没能进入时代的前沿，成为引领风骚的诗人。

1986 年底，《中国》停刊后，邹进离开文学圈，去了南方。在深圳，他不期然地卷入了另一种全新的生活。他成了改革开放浪潮里第一批下海的诗人。在深圳的几年，影响了他后来的生活，也改变了他作为诗人的人生轨迹。尽管后来他又获得了一个重新回到文学圈里的机会，而且是在当时中国最高的文学杂志《人民文学》当诗歌编辑，但命运的潮水，很快又把他拉到了文学之外。

1992 年，因为文学理念的不同，更因为不谙文学圈里复杂的江湖规则，邹进和几位编辑一起从《人民文学》杂志社辞职，从此告别了体制和文学圈，重新寻找新的人生路径。

几经波折，邹进在 1997 年后，无意中进入了图书发行业，赶上了一个大机遇，他身上的热情和智慧，在这一领域里突然迸发出来，他以一个诗人的热情，打造出了中国最大的馆配图书发行公司。

这期间，诗歌似乎离开了他的生活，但是在商业上成功之后，诗人的基因再一次显现出来，邹进重新听到了诗歌对他的召唤。

但这一次，邹进的诗里，融进了新的元素。阅历和思考，逐渐地改变了邹进对诗歌的认识，他从对情绪与感觉的迷恋，转向了对理智和领悟的追寻。

他的诗里，出现了许多中国古典哲理或意象的语句，他的诗歌创作冲动，也逐渐向打捞日常生活中的意义集中。邹进开始反刍平凡的日常生活，在每一次的诗意触动之后，他开始捕捉词句，在反复的磨洗中，将人生的意义一点一点显影出来。

如是，邹进对诗歌的理解，好像有了一点禅意，尽管他自己并不这样认为，也没有这样说过。

邹进的诗歌里，反复出现的意象，是马。从他在大学里的抒情诗开始，马就成为他反复歌咏、诉说和捕捉的象征，马进入邹进的诗歌，或许是从他去内蒙古插队开始的，骏马在草原上奔驰所带来的畅快和激情的宣泄，应该是邹进青春的深刻印记，也寄托了他的情感诉求，以至于他的情诗里，也充满了马的形象。

在邹进的诗歌里，马既是男性的象征，也是女性的象征，对马的迷恋和喜爱，暗含着邹进对生活驾驭者的内心渴望。作为一个驾驭者，或者说征服者，如同古代策马奔驰的英雄一般，铭刻在邹进的潜意识里。

近年来，随着岁月的流逝、阅历的增长，邹进的诗里渐渐地多了对死亡的感悟和思考。几位亲人的离世，以及一些朋友的故去，触动了他对生死的认知。从某种意义上，邹进关于死亡的诗歌表达，仍然是世俗的，而非神秘和宗教的；是人文的而非哲学的；是常人所能理解的，因而也是温情的。这与中国诗词的人文传统更近，而离西方的、现代诗的形而上冷酷基调稍远。

让我印象深刻的，是邹进对诗的语言打磨，开始回归汉语古典的音韵和雅致。他的诗句，从早期西化的情绪宣泄的长句子，逐渐地内敛、控制，有意识地锻打成音节铿锵的短句，他从唐诗宋词以及先秦典籍中寻找诗的语感和句子的节奏，他的诗逐渐走向简练，错落有致，既可以阅读，也可以朗诵。

邹进的诗歌里，一直盘旋着某种热情和忧伤混杂的旋律。他的第一本诗集的名字就是《为美丽的风景而忧伤》，这种忧伤并不一定有特定的内容和指向，我更倾向于理解为是邹进漫长青春期的情感余波。在我印象里，邹进虽然不大擅长歌唱，但他对蒙古族的长调情有独钟，每当他兴之所至放声歌唱时，似乎唯有来自草原的旋律能表达他心中浓郁的情感。蒙古草原的歌声里，就有一种挥之不去的忧伤，这种忧伤，或许也传染到了俄罗斯，乃至有

"俄罗斯的忧郁"一说，并且这种忧郁和忧伤，又从苏联－俄罗斯文学中传到了中国。

邹进的诗歌底色里，染上了这样的基调。

邹进的诗从大学时代开始，似乎一直是由这种抒情式的波动来开启他的诗歌灵感的，但三十年后，他的诗歌灵感，又增加了某种哲理的启示。

就我所知，邹进对宗教的态度，对西方的基督教比佛教、道教等更熟悉或亲近些，所以在他的诗歌中可以看到某种来自雅歌的味道。基督教中的神圣感和崇高感，也能得到他的共鸣，虽然他并非基督教的信仰者。

五十岁之后，在邹进的诗歌里，出现了道家的某种哲观意味。特别是他的视野开始深入到历史的广袤中，与消失了的英雄和哲人对话，成为他诗歌新的主题之一。

逐渐地，邹进的诗出现了两种交替缠绕的主旋律：情感的抒发和哲理的思考。在对日常生活的疏理中，诗歌成为邹进的精神支柱。而他的诗歌形态，也渐渐从放声歌唱，变为独自低语。

经历了一个幻灭的英雄时代，那些高亢而有些虚幻的浪漫主义情感，终于被越来越清晰的现实粉碎了。当人们的注意力集中到为金钱而奋斗的事业上时，邹进的诗里还回荡着一种单纯的理想，一种对英雄时代的向往。尽管他自己都没有意识到，如果你透过他那些谈论死亡、谈论时间、谈论爱情的诗篇，感受其中潜在的情感，你一定能听到来自古代英雄的呐喊和革命战士的号角。

但在如今的互联网时代，我们终于明白，大家都是普通人，无论你所从事的职业多么高大上，也无论你在世俗社会里获得的成功多么大，你仍然还是凡夫俗子，你的超越无法在外面的所谓成功上实现。邹进没有宗教信仰，也不喜欢神秘，除了兢兢业业地工作之外，好像也没有多么强烈的嗜好，就是他对酒的喜欢，也没有达到贪婪的地步。他的超越性追求，我觉得，还是在他的诗歌里。这里依然是他最可靠的精神家园，不管别人如何评价，邹进对自己的诗歌，却越来越有自信了。我想，这是一个诗人成熟的标志。

如果把诗歌作为自己人生的价值和意义支点，邹进是否在这里找到了自己安身立命的感觉呢？

读了他这本《假如终将痛苦地死去》，我的印象是，邹进正在逐渐地将他外部的生活与内心的诗意融合起来，用诗歌赋予自己的工作和日常生活以意义，而依靠成功的事业，邹进为自己的诗歌建立起一个相对自由的精神王国。

甲午中秋后四日 北京 皂君庙

邹进写诗

张未民

（一）

邹进写诗。他写道：“假如终将痛苦地死去”。他似乎觉得这是一行极为重要的诗句。于是干脆将其用作了第五本诗集的名称。

但是，这句话怎么是诗呢？成年人谁不知道自己“终将”“死去”呢？而死亡是痛苦的事，无论是病痛、衰竭之痛，还是恐惧之痛，终归它使人生有痛，且为终极之痛、终命之痛，这也恐怕是尽人皆知的。因此，这句话只是说出了一个事实。就像邹进写诗，首先是一个事实。写出一个事实不等于写出诗来，而邹进写诗的事实，可以写出诗。

说出事实真相不容易。如果有谁在评论中夸赞说你“直面死亡”，那他褒奖你的原因是你很勇敢，因为确有为数众多的人不愿面对死亡，或被庸庸碌碌所遮蔽意识不到死亡。他们在“活着”啊，东北方言说一个人忙事，就叫“忙活”，比如问：“邹进你在忙活啥？”回说：“我在忙活写诗。”这问答之语好像没什么，可想着想着也可能变了滋味，其中挺普通的“忙活”一词也似乎带上了意味（诗味？）：忙活就是忙着活，直指世上忙事的本质。而且，你看这个“忙”字，一边是心字旁，另一边则是死亡之亡，忙的本质于此可以被理解为无，为白忙，为死亡。这样一说，其实我们已被语言、诗句的“直面死亡”吓出了一身冷汗。可见，诗中的戳穿真相的确是一种勇敢美德，一种真诚而勇毅的诗德。而即便这样，那直面真相或勇敢就可以成为诗吗？似乎也不这样简单。新闻、哲学、历史等也都要直面其视域中的真相，何诗独为？

但是邹进写诗，邹进写下了诗句，这是肯定的。“直面死亡”加上了“假如”，就变成了诗句。我仔细想了，以为“假如”才是真正诗性的，因为“假如”可以飞翔。加上“假如”，“终将痛苦”之外是不是还有快乐？终将死亡之后是不是可以不死？都发生了不确定，都模糊一片了。所以说这是诗句，一边直面死亡真相，我们毫不怀疑其千真万确和诗人的勇敢真诚；另一面又推翻矛盾或悖论，说死亡是假如或说痛苦地死亡是假如。这是悖论语言，而一旦涉及悖论语言，那就具备了诗性。就像一部曾大卖的电影《致我们终将逝去的青春》这个时髦的名字，因为首标一个“致”字，便风情万种，便有了诗性，便可以招摇过市，致，是一种飞翔的姿态，它反抗了终将逝去。

只是邹进写诗，写到这第五本诗集时，生出了死的话题，且用做显眼的标题，这是真正的生命征候。忙活中忙里偷闲想想，有些话题说来就来了。人过五十天过午，诗写过五十又能怎样？诗是对生命的咏叹，一不小心，生命就咏叹了写诗的你。从第一本诗集《为美丽的风景而忧伤》到现今这本《假如终将痛苦地死去》，这是一个生命过程。生命过程，这又是文人们爱用的表达法，而对日常之人来说，生命过程就是生活过程，生活概念里已有生的位置，包含了出生、生长这些积极的意向或正能量，包含了生命，但除此之外，生活概念还注重活，正是在这个活里边，邹进写诗，遇到了死的现象及其问题。

（二）

邹进写诗，是在生活里写诗。

诗人写诗并不是都按自然或生活的规律，在人过五十之后，才自然而然地碰到了死亡的话题。有些青年诗人早早年纪就开始在诗歌中咏叹死亡，或者认为死亡是诗的永恒主题，为了像一首诗、像一个诗人就玄思死亡，就命定着咏叹死亡。此处的死亡属于终极，属于哲学，自然属于与终极、与哲学比肩或从属于前者的诗，这种情形下，这死亡就成为一种死亡主题。但总予人以“为赋新词强说愁”的感觉，那黑暗的死是奇崛和悲壮的，也是压迫你的，甚至是不无矫情的，它玄思在上，高高在上，超越生活，因此，喜欢和语词中的生而不是活相对共联，如所谓生死相依，生的伟大死的光荣云云，成为一种话语定式。而其实你仔细想想，孔子说：“未知生焉知死”，这里的生，包括了出生以及出生之后的生活过程，可见古典或传统语境是愿意言生并用生涵盖了世俗的活、生活之义的。相比之下，现代语境不以生代活，它直截了当的主要是世俗生活语境，“生活”成为主题词，因此死亡就不会是绝大的、绝对的主题而只是话题。凡是把死亡当作一个绝大的事并做了主题式宣示和操作的诗人，都是传统“生”的思想语境的接续人。从这个意义上说，邹进诗篇中的死亡是现代诗的一个侧影，是人生的话题、生活的话题、诗的话题，而不是死亡的主题；它是生活、生命中的必然所遇，而不是先验的、绝对的命题。只有生活，才是这个时代的诗的真正主题。上世纪五四时期以后，人们常态“人生”，而少谈“生活”，读“生活”，也仅在衣食住行；后来李泽厚直言“人活着”这是“生活”话语的转换，强调“话”，祛除以生代活的努力。

邹进从前很少写到死亡，因为他没有遇到；他写了死亡，是因为遇到了死亡。不光邹进，我们都开始越来多地遇到死亡，亲人、同事、同学，越来越多地成为名片上的记忆。大年初一，诗人称它为忧伤日，“我带着忧伤整理名片 \ 名片上的人带给我忧伤　胡忠，你不是一只真老虎吗 \ 怎么叫人一捅就破　老马，你那节肠子 \ 还是要了你的不老不小的小命”；而那些活着的人的名片，一个个名字“带给我忧伤 \ 心灵之死更让人痛惜”。忧伤已统一了死，死又统一了活。其实在前一日大年三十夜，诗人叫它复活夜，“昨夜，他们同时复活在 \ 我的床前，拉着我的手说　　我们记得，你是我们的亲人\你曾经有过一段快乐时光”，诗人的视野就这样由现时的生命之活向后展开。到了大年初三，诗人叫它怀念日，这时他已不再从人的生命之活退向死亡，而是越过人之生活，退向了人之前的猴子：“蓦然回首\几万年过去了\我也将变成一块化石\抛掷于荒野\不经意间\退回几万年\回到它们中间\用同样的语言。”即便在备忘日（初七），诗人所备忘的对象，也在人生活界的那边：“只剩下这副躯壳\表明你来过这里\如今你是一株植物\被自由的阳光照耀。”在这本诗集中，诗就这样遭遇了死，一点儿也不突兀，仿佛死也是生活，是日常生活的内容之一。是从什么时候开始，诗人以生命过去时的回望视角来说话的：“传说我一百岁\有人偷偷在我门前\放下一束勿忘草\是你吗，还记得我？”而“我早已离开你们\没有了忐忑、期待和满足\激情在另外一个躯体上蔓延”；诗人忧伤父辈中的亲人，在爷爷奶奶外公外婆之后，都“只能跟死神会面”，甚至自己也吃起“亡者蛋糕”，逼近末日，“一步之遥”，生活如同一场“健康体检”，“器官和内脏，被搁置在不同的房间”，被怀疑翻看，叫我们如何不忧伤。

邹进写诗，也不是没有了爱、友谊、同情与理想，只因死亡的话题，只是死亡，这生命的征候，这生活的深夜，开始降临。这是新的生活性的拥抱，是用死的话题来说活的想法。在为美丽风景、为黑夜与白昼硕大无形的翅膀，为一匹月光下的动人飞马，为坠落的四月黄昏而忧伤之后，为一种有死亡内容的生活而忧伤，悟道诉情，我们欢迎这时刻的诗中应有的降临。这样的话题，在他上一本诗集《今夜倚马而来》中，就已频频遭遇，病痛和故去的亲人无疑震惊了诗人的生活之心。他开始“透过云层”对话，甚至写了一首题为《一个人死后被遗忘的速度让人惊讶》，刻毒刻薄吗？不如说是刻骨铭心。

还是要坚称，这够不上死亡主题，它的主旨、精神溶解在生活诗性中，死如日常遇到的话题，方向所指在“活着”。邹进写诗，说：“人生如闪电过后\又重归黑暗\活着不是明天的事\活着就是活着的全部意义。”类似的言辞，我们在当代小说家余华、莫言、贾平凹那里早已听到了。“活着”作为“生”的祛魅，是蔓延文坛的时代之雾，但来到诗界，尤其在邹进这里，还是让我们暗暗吃惊。吃惊于他对死亡作了如此生活性的阐释与回应。

（三）

此时，此处，面对邹进写诗，诗评家也许要习惯性地引上尼采、荷尔德林，或者海德格尔几句，说出“诗意地栖居”，或者“神性”等言语。这样可能是阐释的一个路径，但是邹进写诗，是为了诗意的栖居，那么更多的人不写诗歌，就不能诗意地栖居吗？诗意地栖居是诗人专有的权利？我以为，大可不必计较于诗意的形式，问题也许不在诗意地栖居而在栖居的诗意，栖居中的“诗意”不过是一种隐喻，在隐喻的意义上，诗意不等于写诗，诗意不唯诗人有，诗意就是人的生活本身。人活着，本身即是诗意。作为文体形式的诗歌、写诗的诗人，都是生活之一种，诗意之一种。那种把“超越”、“精神”作了不切实际的夸张的做法是精英式背离真实生活的。邹进写诗，正在于将现代诗和生活经验融会贯通，让诗的超越返璞归真，重建诗的生活精神。邹进生活着，活着，活成一个很成功的书业 CEO，再想想那些同样在生活着、成功着的著名诗人万夏、沈浩波，他们写诗，写很优秀的诗，将诗统一于生活的天空，不过是他们的生活之一种，无所谓超越，要超越也是生活中的超越，生活性质的超越。

邹进写诗，写一种生活诗；邹进写诗，是一种诗生活。诗生活包括吃饭睡觉、家庭朋友、工作、思考，触物生情，感兴赋辞，以诗意和世间万物、人类相沟通，团结协合。诗意是生活语，是人类命运共同体的共同语，而无论你写诗否。但写诗有一样危险，就是过多地仰望星空，忘却人间烟火。

中国诗歌早在魏晋时代，按照王瑶、李泽厚等学者的说法，就开始了生命意识的觉醒。而大约自宋代起，就开始了生活的觉醒。但这是古典时代的生活觉醒。中国现代新诗本身应是现代生活意识觉醒的产物，尤其是与生活一致的生活语言的诗意觉醒。这觉醒的历程复杂，被“生命”“生产”“革命”“建设”的话语笼罩，时常与日常生活隔了一层，甚至对立悖离。

20 世纪 90 年代以来，诗的生活意识又见汪洋之势。我们似乎又迎来了一个新的“宋诗时代”。启功先生说过，唐诗是喊出来的，宋诗是想出来的。借用这个中国诗史上的唐宋诗之辩，我想，如果中国 20 世纪新诗是另一个“唐诗时代”的话，那么 21 世纪的中国新诗是否迎来了它自己的“宋诗时代”？宋诗是想出来的，指其以理挂帅，但生活诗不能仅有理这一个维度；它除了理的寻求之外，还应有一个味的维度，这生活诗也从品味中来。生活之质感或浓郁亲和，或日常可感，或淡然处之，都得品出讲究。宋代诗人梅尧臣说“作诗无古今，唯造平淡难”。尤其是生活诗遇到死亡话题，平淡宽厚，洗却铅华，返璞归真，就更难。

我看邹进写诗，写生活诗，悟理体味，都沉入其中，都有收获。其间多少理多少味，大家宜细细品来。满纸生活言，谁解其中味?

漫咖啡组诗

大年三十，复活夜

昨夜，他们同时复活在
我的床前，拉着我的手说

我们记得，你是我们的亲人
你曾经有过一段快乐时光

我用手传给他们能量和血液
他们的手在我的手里慢慢变热

我还复活了那条巷子
好多人，像在戏里手舞足蹈

每一处都熟悉得让自已怀疑
有天井的院子，穿堂的风而

走完这条巷子，到头来
也没有找到，“寄奴曾住”

坐一趟去梦中的慢车
醒来才问，此何时，身在何处

车轮转动，连续放映着
断了片儿，自有人接上

大年初一，忧伤日

我带着忧伤整理名片
名片上的人带给我忧伤

胡忠，你不是一只真老虎吗
怎么叫人一捅就破
你戴过的小红帽（不是小绿帽）
还在京城漂着飘着
你的书店现在是你的
小舅子在打理吧
不管它还是不是胡氏现在
还有谁想起纸老虎呢

老马，你那节肠子
还是要了你的不老不小的小命

为了一个工艺设计的细节
我把你说得一无是处
你可是特级大师啊你那节肠子
跟这个细节有关系吗
真抱歉哈，谁叫你是乙方
脾气是甲方专有的

牛汉老头，你家电话
我也不会再打了其实
你活着的时候我也很少打
我是个薄情寡义的人
跟你共事那段欢乐时光
今后也不会再有了
“愿车马，衣轻裘，与朋友共敝之而无憾”

名片上的人带给我忧伤
包括那些活着的人

雨芹，你现在诗意地栖居
在何处，还是充满了劳绩
你的先生在地下室里

找到上帝和魔鬼斗争的场所
他晓得书店老板太过艰辛
就选了人迹稀少的一条林中路
临走嘱咐你关门大吉
只留得“听风听雨过清明”

席殊，你的书店真叫人伤心！
经典没了，流行也木有了
曾经风流遍地，每一间书屋
都堪比一个杜甫草堂
你釜底抽薪，乘桴浮于海
可怜百足之虫死而不僵
不论我在哪里看见它
都会停下脚步，低头致哀

思考乐，还有快乐吗
光合作用，不再把知识转化为思想
严博非，你的季风，是年租轮番上涨
张清水，你的大音，早已不可得闻
薛野，你变身西西弗斯
来到中国一个缺少阳光的地方

把书当成了那块巨石
读者就成了那座陡山

这些活着的人带给我忧伤
心灵之死更让人痛惜

大年初二，空虚日

一匹马
在城市咀嚼空寂
在漫吧
啜饮一杯咖啡
埋着头
咬文嚼字

字里行间
计白以当黑
疏处可使走马
密处不使透风

蹄音流行
终于走到马路中央

没有人跟它
争先恐后

腹中空空
未填草料
写完一首诗后
也是这般如此
搜肠刮肚
渴骥奔泉

现在它
是这座城市的灵魂

而我的食物
是灵感

大年初三，怀念日

长臂猿科和
黑蜘蛛猴科
不属于一个科属
哪个离我们更近
黑猩猩
大概是我们的远亲
错过了一班车
只好呆在笼子里

现在的猴子
是那辈猴子的几代曾孙
它们祖先的墓碑
在哪里

在我的心里吧

我们的心里

蓦然回首

几万年过去了

我也将变成一块化石

抛掷于荒野

不经意间

退回几万年

回到它们中间

用同样的语言

说我们沐猴而冠

也无不可

只是我们会

毫无缘由地悲哀还会

问

下面的话

上一次是什么时候

上上一次是什么时候

大年初四，告别日

今生我爱你一次
从此不再为你伤心
今夜我将骑马而去

有个女子敲打窗户
她说今夜带我远走
她把马拴在门柱

我要不要向你道别
还是望着她的慧眼
向我的痴心决绝

有月色的夜晚
你就在自己的家里
而我已打开了围栏

你正翻开我的诗集
此时我已渐行渐远
你刚好读到那句

那恰是一根缰绳
此时拿在女子手中
她已决定我的前程

马蹄敲打岩石
听哪座山发出回声
她知道我痴心不死

她的爱我不辜负
这次我将重获自由
双腿再次夹紧马肚

大年初五，元春

哦！切！
上帝让你有孕
一个叫元的精子
在体内蠕动

今日立春
万物始生
以纯阳之气
首出庶物

元亨利贞
配以春夏秋冬
仁礼义智
始长遂成

天地一试管
让乾坤媾合
两颗恒星嘉会
如灵芝破壁

君子如一小人
今日发育长养
及至合礼、仗义
终将至美纯正

大年初六，马日

镜子里的我
它不是一匹老马吗?
张口年齿几何何
一眼看去皆尔尔

鬃毛发白
皮肤干涩
嘴角开裂
目光混浊

它的暴虐和专制
藏在何处?
欲望的力量和性的冲突
在哪儿?

再快的骏马
也赶不上历史的车轮
被时代
远远甩在后面

奔腾的马蹄声
像雷鸣一样
从山坡上滚滚而来
最终归于寂灭

镜子里的老马
而今趑趄不前
可怕的沉重感
压在身体里面

曾经火枪和巨炮
早把它嘶咬得残缺不全
六百里烽火驿路
再不能唤起梦想

然而奔跑是它宿命
尽管注定要走向黯淡

为了自由和责任

我还要选择出走

大年初七，备忘日

你不认识我吗?
眼前这个清晰图像
我不是你的亲人吗?
在炕上一起喝酒的那个

狭窄的一条路
通往一个狭小空间
你竭力挤开一个缝隙
透出遥远的光亮

早已忘掉了一切
目光温暖得叫人寒战
我给你敬酒，他们说
你这辈子喝够了

只剩下这副躯壳
表明你来过这里
如今你是一株植物
被自由的阳光照耀

无边无际的五月
果树上坠满空荡
我从你的眼睛看到
挂满枝头的酒杯

这村庄还记得你哪
你娶过它的一个女人
然后你把她变成一只老鸹
把自己变成另一只

这条掉了渣的土路
在村里走过几十年
你最后的一截路
还要从上面走过

你已经不再聒噪
保持着一个微笑的永恒样式

另一只还不停地叫着

呱呱——其鸣也哀

正月十五，虚位

（元宵节祭岳母）

今晚设一虚位
为你陈膳执酹
家内无主
节日有何欢乐！

有食先生馔
怎不动箸？
是否你已出离
从此不再食肉？
视一切众生与己无别
皆六亲眷属

犹如枝叶繁茂
数极而德未尽

吾等落其实者
台阶之下翘首倾望
繁花落土
润于草木

从来是呼儿来食
母亲，今晚儿呼唤你！
此去何时归来
吾等虚位以待

碾散芝兰之香
食者不忍动箸
你虚往实归
而我心往神驰

二月二

沉默是金吗你

你们该说的都说了这一缄口就是十年

言多必失否则我从何而来说出一句就后悔

抬起头抬起一片对我对我们说

用眼神

满街都是马群

爱情叙事

传说很久以前
一个外乡女子
嫁给一个贫苦青年
谁也不曾知晓
这女子的身世
也没有媒妁之言

与之厮守有年
却不见她身孕显现
青年不免心生疑窦
此女如此美貌
为何下嫁于我
与我安贫守困

白日她足不出户
等待夜晚到来
方才活现
不见她担水砍柴
为何积薪高高
缸水满满

一日青年从途中折返
偷窥此女究竟
当他从窗外望去
只见她搬下头颅
放在妆台上梳理
宛若一座雕像

青年魂飞魄散
原来与鬼相伴
同床共枕多年！
青年不忍舍弃
是夜回到此女身边
却不敢入眠

夜半子时终于开口
抖胆趋前相问
为何欺瞒至今
此女顿时泪如雨下
分别时刻终于来临
委委道出因由——

我本七仙女之末
王母娘娘心生怜悯
命我与你婚配
你我人鬼两分
无奈日久生情
甘愿做一人间妻子

既然已被发现
我将遁回原形
今晚是你我最后一夜
小鬼不再与你相伴
今后好自为之
娶一女子为妻

青年早已泪沾衣襟
相拥妻子坐待天明
只愿此女无所遁形
在他困顿之间
鸡鸣之声传来
一个寒战将他打醒

身边阒静无人
景物一如从前
顿时他泪如泉涌
虽然青年贫苦如初
却已留下一个好梦
让他看到来世

那女子是他明媒正娶
他在自己的府邸
迎候她大驾光临
跟她再叙前世姻缘
正是那场好梦
把他命运改变

抽象

我心中的河流海洋

流动时钟

白天的白

只剩下你我自己

在三维空间里

天罗地网

在时间里

只剩下一条死路

通往尽头

之

尽头

翡翠

什么美不叫人动心不叫我动心
它的罪过因为美丽是它的原罪
深藏在河床下山石中出于喜爱和激情
记忆久远的地质岁月一如把爱丢弃

跃然于皮毛之上终究与众不同
虽是温良恭俭让却又不失娇宠
穿行在看不见一直燃烧的火光密笈
消弥于蓝天大海种水俱佳之伤悲

高贵与美丽

（改写自《十二月党人

和他们的妻子们》）

十二月党人

普罗米修斯的后代

被锁在高加索山的岩石上

任由饿鹰啄食他的肝脏

一

三千名官兵

在彼得大帝的铜像下

列成八个方队

不是准备接受检阅

他们拒绝向尼古拉一世

宣誓，效忠

双方一直对峙
进行一场集体决斗
事关俄罗斯的荣誉
他们不接受调解

沙皇并没有冒犯
他们中间的一个
他们是远征法国
凯旋归来的英雄

然而沙皇的俄国
冒犯了他们的荣誉
宪兵、警察、农奴制、分尸刑
冒犯了他们的理想和价值

被冒犯的一方
没有发起进攻
他们等待新沙皇
接受一个新的共和国
期待尼古拉
最后一刻回心转意

二

亚历山大一世
骑马通过凯旋门
这是俄罗斯一个重大日子
它征服了欧洲最强大的国家
把不可一世的拿破仑
放逐到厄尔巴岛

俄罗斯的贵族
胜利的勇士们
登上蒙马特尔高地
眺望巴黎的壮丽落日
来到卢梭墓前
凭吊启蒙运动的先师

而他们
来自农奴制的国家
却在同
法国大革命的子孙谈论自由
他们为沙皇自豪
但为俄国愧疚

他们凯旋归来时
心里充满了悖论
自由和专制
哪一个更值得追求
祖国和真理
谁更代表上帝的意旨

他们是胜利者
却发现自身卑微
离开巴黎的时候
已经被战败者征服

三

强大之后狂妄邪恶
富裕之后卑鄙下流
这是人的天性
还是天的德行
应不应该，既强大又自由
能不能够，既富裕又高尚
成群的农奴，大片封土
是无边的愧疚和悲悯

没有不共戴天的怨仇
拥有一个共同的天父
无论赞美还是诅咒
俄罗斯人不能没有上帝
自由、真理和神圣
值得为之献身

他们是失败者
被流放或被绞杀
列宁指责他们脱离群众
托洛茨基耻笑这群书生

而他们已经忠诚归化
充满自由和信念的力量
悲剧的永恒意义
是为俄罗斯的苦难战斗

在告别那一刻
在起义那一刻
在西伯利亚茫茫草原上
他们给历史定论

自由高于专制
真理胜过祖国

四

沙皇忧郁地注视着窗外的涅瓦河
他在等待十二月党人妻子们的回复
“陛下，夫人们已经做出了决定！”
宁愿被褫夺贵族的特权
她们选择跟随自己的丈夫
共同接受流放的命运

一夜之间，命运发生改变
曾经诗礼簪缨之族，钟鸣鼎食之家
流光溢彩的舞会，高谈阔论的沙龙
不再有她们雍荣华贵的身影
彼得堡、莫斯科
她们永久不得返回

高贵美丽的女人
端坐在三套车上
在茫茫大风雪中

奔向自己的苦难
“我们哪是什么英雄
只是去找我们的丈夫”

爱情不仅象征幸福
也陪伴失败和死亡
当他们在凌晨拥抱分手
当她们骄傲的丈夫
被押往彼得—保罗要塞
问题就摆在她们面前

普希金心中的偶像
也是俄罗斯的珍宝
沃尔康斯卡娅公爵夫人
从莫斯科到西伯利亚
终于让一堆冰冷的镣铐
拥有女性的温暖

穆拉维约娃
她的那座寒碜的坟墓
却是审美和诗歌的高峰
唐狄、波利娜、列丹久

异国之恋的忠实姊妹
把爱情升华到历史的高度

五

是什么感召了这些人
难道是法术招引他们赴死?
理想和献身的激情
具有穿透时空的魅力
良心和责任
把他们内心清洗

尼古拉没有遵守决斗规则
也没有为他的冒犯请求宽恕
下午五点他命令开炮
一千多名官兵应声倒下

历史如此吊诡
如果起义成功
就不需要十月革命
没有后面所有恶行

彼得大帝的选择
也是亚历山大一世的选择
和列宁的选择
斯大林、勃列日涅夫
还有普京——哪一个
不是彼得大帝的还魂

“给我二十年
还你们一个强大的俄罗斯”
是用民主的盾牌
还是专制的利剑?

戈尔巴乔夫
他是十二月党人的现身吗
亲手降下血淋淋的旗帜
换上勇敢、真理和忠诚的颜色
这个苏联的掘墓人
不是俄罗斯的太阳
把上帝的启示带给世界
他是自由的精灵

弗拉基米尔大道
一直通往古拉格群岛
自由、高贵和勇敢的人们
踩着同样的脚印前行
或许来自可爱的中国
还有他们的妻子

解体

一个人
还可以用这样的方式解体
boss 班台，槟榔书架
红色的伊利诺依沙发，白色珠江牌钢琴

这些物件
曾经组成一个优雅的身姿
而今，房间空荡
墙体重新粉白
尚留下，油画挂钉
琉璃花瓶

如一架飞机空中解体
如一朵花，在风中飘散

姿态优美
而内心痛苦
或者纠正说，内心痛苦
而姿态优美呢

忘记结绳记事
交办何事无从知晓
那些会啊，是开不完的
剪不断，理还乱
如今，一把椅子上
上面坐着空旷

从此，在想与不想之间
便有一条路叫思路
从这头到那头
走不到头是尽头
从此，她是鸿雁
我是长江

飞去来兮
在我头顶，发出动听之悲鸣

当我想起她的时候

她已经想我很久

满街都是马群

满街都是马群
堵塞道路
她骑的那匹牡马
大概也在其中

夕阳西下
照亮金色的沙漠
她的那尊马背
闪着奇异的光芒

除了落日能够
还有谁会观照
曾经与我策马同行
而今遁入草原深处

一望无际的

是一望无际的车顶

闪烁的灯光一片嘶鸣

只有我能分辨她的声音

奇异之旅

如果你到了我还没到
你在那里，看看微信
再等我一个世纪

如果我到了你没到
是因为矜持
还是网络繁忙

那里是南宋的都城
我是穿过了时间
来与你相会

车船相济
自运河而下
大概要用几个月吧

你住在哪家客栈
四方城
框住一个女人的胸像
头戴发髻

你当下
在古南都一个书城里
端着一杯咖啡
摆弄一个个活字
用雕版
印刷爱情

然后毁掉模具
让它成为孤本

把你送回宋朝
进行一次正式交接

因为怕你变老

才寄托在今天

——相爱已

数百年

让你的克里米娅

在你的身上
出现一个奇点
一道闪电
让你的身体变得透明
你正在做
一件危险的事情
被爱劫持
在高空搏斗
与一只猫
与自己

你爱了
不是被爱
把肉体贡献在爱的面前

为自己祷告
用牺牲
作为爱的物质证明
这一次
你自作主张
让你的克里米娅
投入俄罗斯基怀抱

你用最销魂的目光
看着你的上帝
对他作一次无罪的忏悔
不求宽恕
然后翻开《圣经》
念道：
当挪亚六百岁
二月十七日那一天
爱的泉源裂开了
进入方舟……

任何时候

开出一列快车
停在你面前
我的诗行
铺成金色铁轨

延伸到任何时候
延伸到任何地方

你骑着仙鹤
飘然而至
是我派去的使者
你的专机

停在任何时候
停在任何地方

把一颗星星
戴在你手上
加上一句话
注定你的命运

在任何时候
在任何地方

是什么力量让你

什么力量让你
编造这场旷世奇缘
只身一人
投入男人的怀抱

用脚指着钟面上的数字
现在开始
跟着一个跌倒的
膝盖

谁回答
谁的回答

只有时间验证人生
过不去的
只是自己

设计好开始
且预料到结局
每天入睡前都向我道别
然后走进隧道
寻找下一个洞口

哦!
等我回来
等我们回来

你给我借口离开的时候
我不会

钟声
这是你的决定
把所有的罪过都留在昨天
不选择
不是选择

勿忘我

传说我一百岁
有人偷偷在我门前
放下一束勿忘草
是你吗，还记得我?

我?真的存在过吗
我，坐在书桌前准备写作
上面堆着酒瓶和书籍
的确是我用过的东西

我早已离开你们
没有了忐忑、期待和满足
激情在另外一个躯体上蔓延
是你在跟自己搏斗

然而你迫使我
喜欢那时的自己
命令我离开
那个绝对安全的境地

同一个问题
回答一如从前
可是决定的力量
只有我可以给你

亲爱的，我爱你吗?
那时是你这样问我
当你决定属于我的时候
我心杂草丛生

羊脂玉

发现它
是惊鸿一瞥
谁的发现
就属于谁

巧笑倩兮
美目盼兮
素以为绚兮
夜不能寐

吻过每一座山峰
每一条河
工师之事
需要用去我的所有时间

一门写作课程

那一天，在一九某某年
我正在讲授一门写作课程
只听见银铃一响

你妈妈生下你
我站在那里，怔怔地
似乎，心不在焉

我继续讲课
等着你慢慢长大
你长得好慢

后来我去当了编辑
翻阅每一篇来稿

看你在哪首诗里

再后来，我办了一家书店
你又像一只书虫
爬到我的眼镜上

一个年龄相仿的读者
赫然出现在我面前
说，你是否在找我？

你妈妈带着你巡游
而你说，你要自己走
失身在一扇门的背后

我还站在那里讲课
一个学生在做鬼脸
让我失魂

你伸过一只脚
用五个指头，抚摸我的脸
在十字路口

她看到你做的一切
看到一只金色乌鸦
把巢搭在一棵树上

看到女儿把身体
平铺在一张床上
被一道闪电收取

她是感到幸福
还是心酸地
溶入晨曦当中而我们

就像去投海一样
跑向相反的方向
投入一场旷日持久的爱情

在思想的另一端

每晚入睡前都在等你道别
没有你为我祈祷无法决定是不是要睡去
在记忆阴晦处安放一把有扶手的椅子
等你渐渐呈现坐下结局

然后走进隧道寻找下一个洞口
等黑暗的潮水消退那阵疼痛甦醒
用舌尖舔舔窗外接受好久没有的感动
我慢慢醒来在思想的另一端

在这之后

透明的胳膊
吊在半空
向内弯曲
裸体手指
在白骨累累的键盘上
跳芭蕾
一个短句
获得权力
解释另一个短句
火狐
绽露一屁股温柔
趁夜钻进房间

座位

找错了座位
是一个偶然事件
发生这种情况
有多大的概率
她有点尴尬
还是坐在我的旁座
因为我安静，整洁，没有体味儿
端着一本诗集在看

如同爱情也是
在车厢里找自己的座位
错也许就对了
一直坐到终点
只要中途没有人驱赶

这座位就是你的
错误的选择
并不等于错误

说到追求爱
哪知道会爱上谁
撒下的勾子
会被哪条鱼咬住
脸蛋、声音、荷尔蒙
还有其他一些鸡零狗碎的东西
让一些人急迫地
走进变幻莫测的世界

诸如七年之痒
还是与子偕老这些话题
那都是上帝和魔鬼的家务事
用不着你操心
从此，我变成了她
一变成二，不是合二为一
只要眼前出现影像
永远是两幅图景

世界看上去理性
也是在偶然中诞生
夕阳西下
隐入远处的山峦
相对于它们的远处
是高低错落的一对情侣
相互依偎着
静观这一切

时间小记

赤霞珠

道过晚安，回到橡木桶里
在一场编造的爱情中慢慢氧化
那许多精子一样的东西
冷冻在意念之中

隔着板壁，听见你说疼痛
啊，青枝，青枝，从牙缝里长出
在田埂上，安置好沙发
让情欲，瞬间穿透身体

今夜哪敢入睡
像偷情一样，钻到你的梦里
宝贝，一个个从我心头走出
围着一具野牛的尸体舞蹈

一锅热滚滚的葡萄
呼唤你，从远处向这里飞奔
什么都不能阻止我醒来
分装在不同的瓶子里

然后打上品名、商标
贩运到你们的生活中
把所有年份都，勾兑在一起
就像所有的孩子，围着我

初雪

撒娇的女人
在胳膊里寻欢

用这细碎的脚步
走到我心里

雪是女人的好事
好久没来了

昨夜多少男人
行使初夜权

另一种幸福

一个问句
比如说——我爱你吗?
爱是肯定的
给论是否定的
痴情一方仍然以为
他们深深相爱
以至于另一方
无法表达出他的真情
一个人爱
两个人受罪
爱是静止的运动
一刻刻时间

另一种幸福
并不在婚姻里
亲爱的，我在世界上
想一些事情
或许在爱一个人
或许是在寻找素材
把它们搭建成一个审美对象
用来自我观照
而你在我手中
如同一件乐器
摁在任何一处
都会发出声响

巧克力小记

清脆的响声后
随即轻巧地融化
可可的芳香在齿间流窜
细致迷人
入口的一瞬间就知道
等级高低

坚硬壳，融化的心
晦暗，神秘，深不可测
甚至有点苦
灵欲一致的圣品
与玫瑰和红酒，同悲同喜
使人有恋爱的感觉

除了钟表和军刀
这是第三种力量
精炼，去酸，塑形
条块端正，队形整齐
从南美洲到西班牙
它征服的是世界

气温高时失去原形
天气转凉又慢慢硬起
像阴囊
让女人性感妩媚
而毒性
又叫她依赖

用痴恋拯救
偿还过去背负的一大堆情债
如果过分自恋
爱人正在想办法离开
吮指回味
昨日很甜，像嘴唇

清明杂念

每个人
都用一块石碑
把自己
系在码头上
假如我也要死
（没有假如）
你们!
不能再束缚我
我的躯壳
正好
刳成一只独木舟
让我
随波逐流

情欲爱

哪个人
不想做得更好一些
无奈诸多限定
不能随心所欲
情、欲、爱
及至爱的程度
既有幸福
也伴随责任
——所以
大多数人
宁可选择情欲
也不去爱

如果一见钟情呢
哪怕是第二次回眸
在这个年龄上
居然也会发生
情欲是本能
爱，却是一种选择
两个人走到一起
至少也有两个目的
一个是爱
一个实用

不能合二为一
具备其一也未不可
某人很实用
可你不像从前那样爱他了
现在爱的这个
又不实用
当有了更高要求
危险由此而生
想到结果
已然不能兼顾

所谓激情
都是憋足了劲
松一口气
就露出原形
不过她说
起码你还在表演
没有看完
暂不作评论
等到天长地久
海枯石烂
再
变心

如果终将痛苦地死去

不!

选择怎么死

是一种态度

我猜测

身体之痛一定比心灵之痛

痛过百倍

如果终将痛苦地死去

不要支离破碎

留下一堆杂物

像鲑鱼游回到它的出生地

在一组滑音里

悄悄溜走

平静，细致

把逝去的重新唤回

赋予永恒的美丽

舒缓，完美

体验每一个人的眼泪

让过程充满爱

好吧！

让我试试

游回我的出生地

一生中最明确的一个目的

耗尽最后的体力

和罪孽

三联韬奋书店夜张

在一颗名叫克里米亚的星下
走进你
世界昏暗
只有一处光亮

在一个角落
你正入睡
念念有词
沉浸在一段秘史当中

还有很多句子
板着面孔
道貌岸然
像荀子

这

是诗人的流亡地

在

世界边缘

这颗星

今夜昏暗

它照耀的这个人

生僻而又难忘

诗之鹤

经常想着
不能做到的事情

扣动板机的手
在瞬间击发

射中自己

时间小记

今夜平旦

我指向天空

当我不动的时候

钟面开始转动

铜壶滴漏

星如沙粒

无尽永前

生生死死

没有开始吗?

没有负数吗?

有没有人
没有拥有过时间
从未来过
或已消逝

哪些时钟之时间
流逝得慢一些
哪些时间之时钟
可以逆向而行

我不能睡
睡着的时候
指针也在行走
而且走得更快

用足够的力量
穿越时间之门
持一张高铁车票
换乘到一架独轮车上
那些人事时地物
似曾相识

把一枚戒指
戴在旧情人的手上
然后相互对视
回到当下
那是我欠你的
一个正数

做一次时间旅行
向过去传递信息
告诉妈妈
给我换个名字

给我换个名字
又何如

时间小记之二

一只瓷瓶掉在地上
还会跳回桌上整合吗
它跟石板说了句什么
然后就碎了
石板感到疼痛
开始流血
时间一直这么淌着
不能愈合

这一切
都是相对我而言
与别人无涉
这个我与“其他”人
不会息息相关

每个人都有一条

自己的林中路

通往过去

与自己的亲人相会

时间久远之后

我也不把他们看作死人

而是过去的人

我跟他们

有一种虚拟的现实生活

或许所有人心里

都有可逆的时间

没有我

时间本不存在

所以我可以

在任何一个过去的时间上出现

让现在的我

看着我过去的日子

就如现在我——

返回到 1962 年

某日，镇江的一进院落

我和我外公
都有一点焦虑
等待迟到的邮差
来送当天的报纸
感觉他透过时空
在关心我今天世界的
国家大事

西西弗斯

哪怕今天只改动一个字
整个书房都会充满活力
我就是那个叫西西弗斯的蠢货
日复一日地推动那块巨石

这个字就是那块巨石
被我用笔撬动往山坡上推移
词不达意，又一笔勾销
可怜它就从山头滚落

我每天倾望那座山头
那是一座审美的高峰
今生它就是我的宿命
命令我吐尽心头之血

这个字就是我的心血
把上山的路径染成鲜红
西西弗斯他拿着我的笔
每天都把我的诗句改动

香格里拉

一生只拍一部电影
然后淡出
隐藏在观众中间
看着影片中的
另一种恒久存在的真实

某一座古城
某一条石板街道
没有醒来的酒吧
桌子上的一壶早茶
让阳光灿烂

忽见电影院门前的海报
赫然眼熟

不就是眼前的自己

一半在戏里

一半在戏外

香格里拉

我们的最后一站

准备好的美女和美食

撒娇诗院

诗人在门口迎接

正欢饮间

不知不觉醺醺然

你如何看得懂我的故事

一次次毁灭

又一次次重现

新宿

从洞穴
还是意念中爬出来
也不会如此之多！
在城际列车交换站
上下
从验票闸口
进出
滚动电梯上靠左侧站立
话语低微
复眼近视
脚步窸窣

谁叫醒了它们？
眼看就要发生一场部落战争

又化解了
擦肩而过
一个游客
混迹于其中
不在任何一个阵营
不参加任何一场纷争
用膝状触须探测
那颗无限之小的
心灵

可怜的工蚁！
把思想变成本能
建筑房屋
采集食物
养它们的女人和幼虫
奔向一个使命
为自己
更为了他人
放弃生殖的权利
只剩下了理想
和信念

雅罗斯基

琴弓上的
时间瓢虫
头颅里的声音
那夜莺!
如此美妙
只能当祭品
它想揭开
人类的一块伤疤

听听!
十度音程
让我们的痛苦
幸运地过去
一些人甦醒

一些人犯困
我们就没有时间
谈论这个人

他把我们
分别放在两个空间
太阳暗淡无光
只有他自己
在
一群海豚中清唱
心碎得
像一块石头

一声叹息

花瓣落在水中
泛起一片涟漪
如一声叹息

轻轻一声叹息
人生多少事情
总是不如意

只有我能听到
身体里的喘息
那一点分歧

只有我能感到
指尖上的忧伤
那一片迷离

一只会飞的猪

在即将入睡之际
眼前出现一片黄昏景象

一只会飞的猪
在追逐一片树叶

心里装着思念
如灵塔下埋藏的舍利

觉越来越多
直到一天不再醒来

亡者蛋糕

电影手法

一个空白的场景
两扇旧门，朱红剥落
感觉是定格
又像是在播放
白日无声
夜里有声
远景。近景
淡入。淡出
推。拉。摇。移
没有蒙太奇
始终只有一个人
从那里进出

在我眼睛里
埋藏一段视频
一部没有情节的影片
拍摄时间半个世纪
日复一日
遐龄几何
化入。化出
渐隐。渐显
时。空。生。死
只有天晓得
始终只有一个人
在那里观看

敬礼

向李延良叔叔致敬，向他的女儿、我们亲爱的副董事长李虹致以亲切慰问。

李延良，1928年生，解放战争时期参加中国人民解放军，在东北第四野战军服役。1950年组建空军，由陆军选拔成为共和国第一批飞行员，之后参加抗美援朝战争。1971年“9·13”事件后，由空10师调入空军直属第34师，任师长，负责党和国家领导人的安全出行出访，后任空军调研员，副军职级。离休后组建新华航空公司（即联航），晚年在家潜心读书，扶危济困，关心国家大事。

睁开你的眼睛
我用一个军礼向你告别！
我也是军人子弟
这是你们遗传给我的一个手势
你把红色的马群

驱赶进我的身体

让它在我的血管里奔跑

奔腾不息

如今你是草原

我是骏马

跑着跑着，我就要起飞了

（你一生无数次地起飞）

你在我的身下

变成一条长长的跑道

越来越小

越来越远

直到变成一条白线

那是我们的生命线

我在空中举起手

用一道白色闪电

向你敬礼

雨在我的身边滂沱而下

我会眼含热泪

完成我的航程

放心吧，首长，伟大的父亲！

我定会安全归来

明尼阿波利斯

她从我头顶飞过
只闻其声，不见其形
在一条跑道上
整整滑跑了一生
终于腾空而起
踏得天空轰响

我还飞不起来
走不出多远就气喘吁吁
拖着沉重的时间
在地上艰难地挪动
她在上方盘旋
深情地注视我

她从我头顶飞过
下面是一片苦海
骑着一匹飞马
像骑着上帝一样自在
星光闪烁其词
穹庐结满葡萄

下面还有一个人
念念有词地
讲述她一生的琐事
像在煨一锅鸡汤豆腐
听的人泪水涟涟
说，入味了

那条船啊

我的孩子在那条船上
那条船啊是他们的母亲
我的孩子们
他们在那条船上

那个撑船人不是个好船长
我的孩子一个个掉到水里

那条船啊
是一具绵柔的母体
我的孩子一个个瑟瑟发抖
我看见他们瑟瑟发抖
她的体温
温暖不了他们

那条船啊
是一根细长的树干
还带着青绿的树叶
漂流而下
我的孩子站在一排
像一群可怜的鱼鹰

那个撑船的人
他不是好船长

那个撑船人
抵挡不住风浪
我的孩子他们不是水手
一个个掉在水里
我的孩子掉在水里
他们一声不吭
那条船啊
还在顺水漂流

那条船啊
我的孩子的载体
空空荡荡

我的孩子他们都在水里
没有了负重
那条船慢慢沉没
伤心的泪水
也无法将它浮起

那个撑船的人
坐在船头哭泣

生命之圈

小的时候，我——
一不怕苦，二不怕死
死离我很远
在我和死之间
还隔着我爸，我妈，我姨
更远的还有我的外公、外婆
他们都没有死
且轮不到我
墙上挂着的肖像
是我的太公、太婆
他们虽然死了
但没让我看到

我以为生命就是
从他们开始到我结束的一个圆圈
直到有一天
他们中间的一个
死了
——
先是我爷爷，后是我奶奶
开始我还无动于衷
接着是我亲近的外公、外婆
我感到了悲伤
生命的圈圈
再也没有圆上

父辈中的亲人
从此不再幸运
没有了阻隔
他们只能跟死神会面
我的痴呆的姑夫
整日在田野间游荡
我的亲爱的阿姨
熄灭了最后一晚的灯光
我舅母的倩影

让我舅舅魂牵梦绕
我岳父每天都在悔恨
对我岳母的冷漠

一个个开始挂单
走了的没有一个回来
嗜血的野狗
嗅到了死亡的气味
它们无声无息地
靠近我的父母！
尽管我竭力驱赶
它们还是守候在不远处
并非因为恐惧
但我还是心怀叵测
等他们一个一个走完
死亡就会找我验证

我的孩子！
现在只有我
（还有你唠叨的母亲）
横亘在你和死神的中间
说我不怕死

那一定是假的

说我想死

那也不是真的

但有一点，只要我们不死

死，就离你很远

所以你要跟我们，还有你的爷奶

重新连成一个生命之圈

盛宴

跟在她后面
去约会你
久违的朋友
我们意念中的女儿
长大成人
是我的爱人

无功不受禄啊
如此贵重之礼!
在你云游前
梦中托付于我
辗转三年之后
交到我手上

怀抱三年
如今住到我的心里
看我的眼神
像古代的一个妃子
珍藏已久的声音
醇厚如酒

三只花猫
收下我的礼品
原野铺张如同一席盛宴
只等你光临
哀尽则止
今日不限酒肉

世贸遗址

倒立的教堂
看不见的——两个尖顶
同时刺入心灵

倒影是
一片白袍，一些人

在寂静中说话
跪在地上祷告
他们曾经存在
如今还在

失踪者
还在走自己的夜路

幸存的人
掐着心计算时间

一根可口可乐的吸管
吸进几千颗
被命名的恒星

接着坍塌
消防队员被命令
拯救世界

接着
吸进我们

四季花开

要摘四季的花
布置这厅堂
别只用白和黄
这些讨厌的颜色！
要用红色、蓝色、粉色
如果还有黑色

谁见过那世界
只有两色
都是你们强加给那些
无能为力的人
那里的人
没有变成色盲

说不定比这个世界
还要鲜艳

还有些是我们
没有见过的颜色
比如堃
我们想都想不出来
还有 y
要用触摸感知

灰烬还原
出现嘴唇，微笑
莲花手指
从头垂落的柳枝
蜜蜂传播新闻
鸟儿御来谷粒

躺下的人也起来了
穿过一条小径
看到中央公园里四季花开
跟梦中一样

亡者蛋糕

（悼本达）

光

切割下一块阴影

一根线

警戒生死

今晨，你跨到那边

这是纽约时间

我和另一个生者

正在第五大道和三十四街

交汇处

向天空张望

如果换成北京时间
你还没走呢！
在告别的人中
没有我

阳光模糊
如你的深度镜片
分不出阴阳
这边，那边

早晨，我们一起吃
一块亡者蛋糕
每人要一杯
记忆咖啡

想起张铁钢

走过鼓楼大街
每当走过鼓楼大街
都会望一望
工人出版社的宿舍
感觉那顽逆栩栩如生
嘴角挂着微笑

对我的嘲笑
对我们的嘲笑
我们这些
叫做知识分子的
不敢碰自己老婆之外的
任何女人

这个人让我
第一次看到妓女
钱是有分量的否则
为什么叫金钱呢
他是第一代的土豪而我们
还能勉强保持身份

恨铁不成钢啊
我们群起而调侃
站在道德的制高点上
自知已经岌岌可危
他用一点点金钱
就撬动了良心

八十年代
土豪都可爱的年代啊
一点点聪明
加一点点冒险
无奈之下
就改变了世界

人不知而不愠

他从不跟大人一般见识

用自己的美好生活

显得我们的卑微

向他告别的时候我发现这家伙

嘴角还挂着一抹嘲笑

直到溶入晨曦之中

直到溶入晨曦之中
她也没有说出那句话

昨夜一道闪电
她回到母亲身边
那一切逝去的
都重现了
说来很奇怪
她想不起这是自己的亲人
看着她的脸
还是想不起来
但她知道这人是谁
为何而来

她自作主张
把自己交给命运
爱已充满身心
让她陷入囚徒困境
踏上一座荒岛
四周只有海
是什么力量让她只身一人
进入风险的世界
一个鸡蛋
天真得跟石头在一起

她用最伤心的声音跟她说
用最依恋的眼睛看她
然而，她只能说一句话
就要离开
她要找出一句最重要的话语
当作锦囊给她

于是缄口不语
就这样看着她
目光织成的襁褓
重新把她包裹

让她感到幸福

又心酸无比

就这样坐视着

直到溶入在晨曦中

无奈那英雄情结

6月17日，如果卡右没有下雨

如果卡右没有下雨

历史就要重写

道路泥泞

炮火进不了阵地

如果不是一场罕见的大雨

拿破仑会在上午九点发起进攻

如果在两天前

他消灭了普鲁士的军队

不用分兵追击

如果格鲁西找到了布吕歇尔

再次击败他

历史就要重写

圣让山上的沉闷回响

报告滑铁卢战役已经开始

忠实的格鲁希元帅
如果他不拘于皇帝的命令
相信显而易见的信号
或听取热拉尔将军的建议
立即向开炮的方向前进
历史就要重写
英军在作最后的抵抗
法军也已精疲力尽
威灵顿等待布吕歇尔
拿破仑等待格鲁希
如果在普鲁士军到达之前
内伊攻下威灵顿的高地
历史就要重写
但是威灵顿依旧岿然不动
格鲁希仍然没有消息
如今，两军疲惫不堪
都在等待增援
在炮火的硝烟中
拿破仑向战场最后看了一遍
他发现东北方向
出现了一支新的部队
如果格鲁希的部队先到

历史就要重写
然而它是布吕歇尔的部队
它已摆脱格鲁希的追击
正猛烈地打击法军右翼
拿破仑再没有获胜的机会

第二天，格鲁希收到那张便条
那是拿破仑最后的希望
如果提前一天
历史就要重写

被刺杀的奥斯瓦尔德

如果成功
就是人生的顶峰
因为心理，而不是思想
成功能够挽救自己
他的名字，与这个时代
最震撼人心的事联系在一起
保持了我们的好奇心
至少半个世纪

他真的刺杀了肯尼迪
而不是像那个
刺杀托洛茨基的人
隐姓埋名
这一年，玛丽莲•梦露

唱着"总统先生，生日快乐"
而他喃喃地说
我们都是替罪羔羊

漫步走上艾木尔大街
乘公共汽车回家
总统专车正沿着戴蒙斯高速公路
急速开往帕克兰纪念医院
听到总统死亡的消息
好象事不关己
一个多疑的鞋店老板
看见他走进德克萨斯剧院

孤独的怪人
他的魅力就是与别人相反！
一个马克思主义者
与精神疾病患者的混搭
性别、种族、冷战和政治权术
怀疑主义、艺术、激情、想象力
同是戏剧的素材
编造分裂的文明

奥斯瓦尔德
如今就是一部科幻小说
背景是外太空
心理仍在精神层面
最后一次宗教的疯狂
以伤害自己结束
而最后的一枪，如同一个戏剧动作
事先经过彩排一样

古李十番棋

谁是第一人？
血泪之争
数百年后，仍令好弈者
感慨万千
并世双雄
共谱当湖十局
一局既罢，对饮而歌
传说仙人之弈

名人棋所
象征家门兴衰
为棋一生悬命
胜负岂止个人荣辱
若不取胜

便告老退隐
每一局，都当最后一战
胸藏必杀决心

无人再有资格挑战
昭和之棋圣
为此而封存
供人瞻仰的图腾
先贤而后杰
终不能掠其风采
虽寥寥十局
把所有高手打回原形

失败一次又一次
之后，方知自身处境
差距微乎其微
精神霄壤之别
看似平淡无奇
不战屈人之兵
能忍，则忍
是可忍，孰不可忍

拂开数十年乱云尘土

只发现

夕阳黄昏中

无愧无咎

棋盘上

布满圆融调和之道

而棋圣的光辉

寥若晨星

传说中的某人

大美而不言

坐拥千金

寂寞简朴如斯

置胜负于度外

却是一切天才的障碍

——要说当代第一

还是先赢了我吧!

荷兰对西班牙小组战

先失一球之后
情绪需要释放
还要——走向胜利——吗?
你们这些历史上的
最成功的失败者!

四年的疯狂成长
既在脚下更在心头
扛起橙色战旗的无限理想
完成一场潜移默化
将烈焰消解于无情

一个无限的放大镜
为的是阅读每一个细微瑕疵

如果想象力不作为第十二名球员
潘多拉的魔盒
永远也无人打开

抓住对手稍纵即逝的错误
凌驾于华丽和高贵之上
（昨日还在提前独享胜利的掌声）
一次又一次淬火
铸成冷漠玄幻的致命之剑

迅速的边路快插
坚决的中路跟进
缺点与生俱来，并非无懈可击
洞察对手的防线
每一个传球都一针见血

球在空中的时候
我们都在想象
想象一个男人成功的诸种方式
直到一条大鱼在网底抖动
倒霉的人才从地上爬起

高手对抗，只在毫厘之间
谁的心里，不是冠军激情！
一道蓝线，对谁都是重中之重
打得对手不再是一支正常的队伍
体验漫长的垃圾时间

只有一个人还在顽强地战斗
拼尽身体里的气力捍卫家门
为名誉而战吗，还是看台上的女人？
他低头思索，眼神放空
坚守一条破烂的底线

一场胜利
仍然无法把这群罗汉送进殿堂
即便浑身是鲜血的荣光
结局的成败
还要看基督的仁慈

京口北固亭怀古

金焦如印
等待何人题款
望夫亭
不要指望自己归来
千古江山
如舞榭歌台
还有哪位英雄
靠美人出位

历史早被版本
改得面目全非
那也无妨断章取义
拿来我用
惊涛骇浪中一叶扁舟

由小变大，但无法靠近
赢得脚下一只趸船
在时间上漂浮

不知谁的身后是悬崖
崖壁之上一直有个身影
已经支离破碎
如何拼凑成形
跑马过后
二人双剑合璧
总是强人有意
泯灭英雄壮举

最后出场的
必然面对都是精英人物
谁都想做历史终结者
不愿坐回看客座位
面对强敌
睾酮表现最为出色
但超时告负
泪洒江山对谁说去

6 月 28 日，第一次世界大战一百周年，恰逢世界杯八分之一决赛前夜

今日休战
而今夜，大战就要恢复

三十二个国家
在每一寸草皮上争夺
这是在复现战争吗
抑或一场伟大的游戏？
佛兰德斯的红罂粟
填满恶臭的战壕
洒满碧血的球场
无数人头在滚动

一百年前的今天
波黑的一个塞族青年
在萨拉热窝放了两枪
吹响了世界杯的哨声
（波黑队小组赛未出线
否则真是一个讽刺）
为祖国而战的号角
响彻欧洲上空
青年人簇拥在一起
有义务地彼此杀戮
奥林普斯山上抛下的骰子
在合唱团的吟咏中
决定了
两千万人的性命

一场场愚昧的攻势
一次次毫无希望的冲锋
没有任何像样的突破
却用几十万人的尸体铺垫
唯一的成果让对方在死亡册上
勾掉相同的数字
比利时，因为法国

注定要成为战场
凡尔登的夜空
缀满的都是眼睛

圣诞之夜，伊普雷
十万名士兵停止了战斗

今夜的两场比赛
要不要预测一下胜负比分
会有巧合吗
还是一百年前注定?
德国第一三三萨克森步兵团
和一支苏格兰部队
踢成
3:2
英国阿盖兰和萨瑟兰高地团
与另一支德国部队
比分
4:1

在永远安息的祈祷声中
一起掩埋被抛弃的尸体

交换烟丝、朗姆酒
展示家人的照片，叙说渴望
然后他们谈判
君子协定
午夜之后三分钟
准时开火

一群伟大的教练
记住他们的名字：
丘吉尔、罗斯福、戴高乐、马歇尔
希特勒、墨索里尼
一群超级球星
记住他们的名字：
朱可夫、蒙哥马利、麦克阿瑟、巴顿
戈林、隆美尔
他们早已渴望
进行一场死亡比赛
把几千万头生猪
送进绞肉机
还要记住！
两个最重要的后果：

一个是第三帝国
一个是十月革命

休战之后
今夜，决赛已经开始

西线无战事了
战场摆在别处
世界还是不得安宁
太阳还是照常升起
那我们
还是听听帅克吹牛吧
即兴编造一个又一个故事
生命由此，更加自由和广阔
面对上前线或是各种秘密指令
甚至在死亡当口
我们只惦记着
香肠、雪茄和朗姆酒

马拉卡纳

西班牙与智利小组赛·中场休息

一亿人的泪水
洒向马拉卡纳
十五分钟后
还有最后的四十五分钟
最后一小时
伟大王朝将成回响

球黏在脚下
一团火让它、让它们疼痛
不再像一把短剑
刺出一道、又一道闪电
到处是白色的影子
无法穿透

时间的剑口
此刻朝向了自己

习惯的胜利
拉开航海时代的大幕
哥伦布的后代、地圆说的信奉者
用脚征服世界
但他们——从未征服过巴西！
今朝漂洋过海

马拉卡纳
巨大的海底坟墓
等待这支无敌舰队
今晚覆没

对手
只剩下无情的时间
坚持，只能坚持
从来没有过第二套方案
这是伟大
及其伟大的代价

如何为他们送行
他们不是一个人!
什么样的豪门
今晚都要失色
什么样的王朝
都将坍塌

冠带整齐
去——面对永恒的主题
巅峰已失
身后留下三座高峰
胜利
注定属于叛逆

人如蚁群

初夏
人用触须说话

睡觉的狗都在这里
谁叫醒它们
撞击、耳语、食物和血液
以及内心的疼痛
还在阴暗某处
极尽韬晦

人如蚁群
演绎出越来越多的死亡
我只怜悯蚂蚁

它们闻到了气味
就视死如归

正义只在无知的人心中

一群工蚁奉命
咬死另一群工蚁
我所以活着
是因为没有接收到生物信号
加入蚂蚁的战争
保卫它们的洞穴

胜利者
用失败的号角收兵
把同类的尸体
抬举过头顶

为什么不向蚂蚁道歉?
尽管它们无知!
道义没有高地
只有纪念碑

如一颗死掉的棋子

它活着

　　它们活着

存放骨灰的灵丘

命中星宿

如一颗棋子死掉

　　如一群棋子死掉

睁着一只眼

　　闭上一只眼

一听一说

两颗棋子

为什么非吃不可

何不各得其所

一黑一白
两个乳房
一场生死劫
用爱交换

打入
　　逼迫
关起
　　飞罩

棋形如星空
曾经辉煌
掩护过一次撤退
让垂死的大军扬长而去

一颗棋子
　　　　一颗死子
躲在我的耳窝里
监听
　　我的
　　　　思想

胜利在前

其实胜利
离我们已经很近
只差一步
我就将登顶
胜利是一条隐藏的红线
永远在脚的前面
但也会在我跨越时
又向前移动

虚构还是记忆
曾经战胜过的人
把谁打翻在地，脚踏其身
还是想象出来的搏斗
胜利就在身旁

跟死亡在眼前一样
紧张和恐惧，两颗因子
在心里来回跳动

天越来越高吗
只截取一段属于自己
水越来越深吗
只拎一桶饮用
胜利就在身边
说的就是这个意思
胜利永远在前
深意亦在其中

诗人

这是一个存在的
你们看不到的世界
这是一个你们看到了
就不再存在的世界

你们害怕听到
自己真实的声音而
喜欢把我的声音
当作自己的声音

离开我
你们就词不达意是我
说出你们想说的而
你们说不出

我站在你们身后

透过你们看到另一个世界

而我看到的

你们看不到

无奈那英雄情结

一个事物做了很久
花费多年心血
及至白头
某一天，某个时候
发现它既没意义
又没意思
比如说挣钱
并非终极目标
初衷只是为了生存
结果成了正事儿

一天天难过
一年年却飞快
人越来越老

钱越来越多
觥筹交错之中
有个影子对我耳语
在我耳窝里放下一尊棺柩
举杯邀明月
更显得英雄惆怅
不知今夜归宿

花费越多时间
越舍不得放下
挣了越多的钱
钱越好挣
南辕北辙
马虽良，此非楚之路
求若所欲
犹缘木而求鱼

所谓英雄孤愤
并非郁郁而不得志
曾经红紫一身
逐日酒池肉林
无奈那英维情结

系在心头时时绞痛

垂垂老矣

还壮心不已吗

对谁说

曾怀抱鸿鹄志

血战百局

哈哈大笑
而内心痛苦
血战百局胜负各半
剩下满盘沙砾
要达到不可能达到的高度
除非留下足够的对手

张灵甫一身豪气
被共军诱敌深入
未及东海喂鱼
被陈毅笑道
不知入境宜缓
百万军中取上将首级

并不以沉重的心情
讲述失败过程
用棋盘推演历史
想象而不是回忆

大飞挂角
与人方便自己方便
纵观全局
撒豆成金四处受益
宽袍大袖内藏利剑
仙风道骨化作
绿水青山

薄吃厚
铁壁如纸
他看见
而我视而不见

没有升堂入室
只能望洋兴叹
过眼云烟，转瞬即逝

此空间

已非彼空间

这手棋

为何下在这里?

朝闻道，夕死可已

一步之遥

我永远是个输球者
我只希望发生不该发生的事
而马拉卡纳丛林
只留给严肃的人

一步之遥
从大力神杯前走过
却只能看它一眼
嗅一嗅它的青苹果味

用一生的青春
等待云隙中灵光一现
不可能让他们得逞
今晚注定要埋葬这群人

马拉卡纳

不是马拉多纳

可怜的球迷小男孩

它提前哭了莫非

他是老马的转世灵童

今晚终于被镜头找到

一步之遥

遥远得如同来世

一个人的正剧

既不想把丑陋
撕碎给人看
也无意把美好
毁灭给人看
滑稽还是悲壮
请选择一副面孔

民国，是一部正剧
由几个人的悲剧构成
革命，剿匪，夺取政权
其间无数场战争
无数人头高悬
习惯血流成河

我所经历也是正剧
由无数人的喜剧构成
没有枪炮的战争
在人的内心进行
更加悲壮
更加滑稽可笑
用泯灭人性的方式
发出胜利宣言

那么多噱头和包袱
那么多误会和偶然
在我身上全然没有出现
剧情像历史一样发展
但我有严肃的旨意
像悲剧人物
又有自信和快乐
具有喜剧色彩

只有我二者兼具
人神合一

英雄迟暮

人生四十
方始导演一场大戏
一幕三场，每场五年时间
四幕演完六十年

刚好我一百岁
激动人心的时刻
我无限期待这一天到来
那一天我将圆满结束
可能还会剩些日子
那是附赠的时光
不用再劳作
全部用来消费

如果演不完呢
我只活到七十岁、八十岁
哪怕活到九十岁
戏的高潮还没来临
所有的冲突还在纠结
契机还未出现

没有最后的一剑
勇士荷戟独自徬徨
他还在四处寻找对手
内心早已热血贲张

空有鸿鹄志
没有翅膀飞
无奈他对天悲鸣
惊起一片燕雀

而高潮到来时
他已苟延残喘
没有力量支撑他
站在胜利的顶峰

那最后的一幕落下时

便如同一块殓布

耶稣的不明来历

1月1日夜，桂林，街头小饮

1月1日夜
桂林街头
我们喝着酒
说着今年的打算
说着今年的时候
今年的一天已经消失
我们在说今年的目标
就当达到了目的
也搭上了时间

然而，如果不做事呢
时间又有何用
又不能存储
留着日后消费

自己不用的时候
也不能贷给他人
等着还本付息
如果有某种方法
把多余的时间收集起来
给时间不足的人
发放比特币

日子都是平淡无奇
无论如何，都跟英雄业绩
连不到一起
我必须用笔
记下发生过的一些事情
否则，记忆就如大河奔流
汹涌而去
哪些事情发生过
什么时间
在哪里
跟哪些人
谁能证明
如果这件事有关清白
有关英雄形象

那除非
我们把场景还原一遍
每句话都记录在案
加上非正常拍摄
否则，所有的复述、记忆
都是为使用而编撰
多少英雄坯子
在这一天也可能无所事事
在街头小店
喝着酒，胡扯

八爪鱼

我的孩子
他是一只八爪鱼
触须伸到他妈的全身
伸到她的每一个感官
伸到她的过去
和将来

过去不可及
将来犹可追
小子藏在一个宇宙盒子里
如大爆炸前的景象
一个奇点
没有重量和时间

透过透明的肚子
我看见他在混沌中游动
坐在一条船上
悠哉悠哉
这个家伙睁着大大的眼睛
盯着肚皮外的世界

这个小宇宙
被这只八爪鱼充满
两个记忆系统
一个主智慧，一个管本能
三个心脏
除了自己，分属天地

他知道
他妈的快乐和悲伤

边缘上的人

我的前妻
是一个完美的女人
不允许我有瑕疵
终于把我从画布上抹掉
现任的妻子
对我仍然严格要求
在我犯错的时候
也会声泪俱下
不过还会给我一次机会
留党察看，以观后效
我也万分珍惜
变得无比忠诚

男人们
是一个弱势群体
亚里士多德说
生下你的孩子，然后去死吧！
女人说，稍等！
他还要养家糊口
我还指望夫贵妇荣
儿子等待子承父业
三驾马车
把男人套在辕上
阅尽风霜雨雪
当作风花雪月

可怜的男人
一群在边缘上奔走的人
不停地鞭打自己
让自己跑得更快
生怕老大徒伤悲
还要加上理想的绳套
日出而作，日落而息
君子于役，不知其期

每一次疑似的感情外溢
都当作一次人生激励
在黑暗可怕的夜晚
打上一道闪电的烙印

翰皇擦鞋全国连锁店

喂，你！
歪着头的这个
你是 High 了，还是累了
躲到这里休息
昨晚你是在 Destination
还是 Coco banana
是跟同志，还是在美腿中间
度过销魂一夜

还有你，一本正经的！
别忘了昨天你插卡进门
里面有多少钱
哪位领导笑纳
自以为你知我知

还有天知地知呢
探头鬼鬼祟祟
记下你的脚印

八厘米的高跟
一看就是个暗娼
这双鹿皮长筒靴
包裹着两条纤纤玉腿
脚趾剔透得
像十颗晶莹的琥珀
它们在哪个男人怀里
捂出酸酸的味道

坡跟的这对儿
藏在里面毫不显眼
像去幽会你的情人
小心翼翼，别发出声响
一觉总也睡不到头
半夜出门脚后跟魂
也不知沾了多少露水
还是泪水

啊，高傲的靴子！
如金鸡独立
用贵族的目光
睥睨肮脏的同类
可是，再贵的筒子里
味道没有什么不同
也一样用劣质鞋油
把脸蛋擦得铿亮

这里是大庭广众
散发着平等的气味
一群乌合之众
居然在此聚义
你们，头朝一个方向
今晚同睡一床
难得各位能在一起
出了门各奔东西

健康体检

我的器官和内脏
被搁置在不同的房间
每一间房间里
都有一个医生翻看
从里面查找
分裂主义分子

发现了前列腺
发现了脂肪肝
发现我包皮过长
发现我鼻中隔弯曲
还发现我有外痔
幸好没发现我外遇

一个完美主义者
这么一看一无是处
肉体开始变质
作为食腐动物的肴馔
再把那灵魂
拿给素食主义者餐叙

我原来是虚拟的
被拆解得七零八落
直到走遍每一个房间
才勉强拼凑出一个整体
奇怪的是我的灵魂
不知寄寓何处

今早，我入佛陀之境

今早，我又撞到晦气
佛陀说教我如何出离
口口声声说
他并不想剃光所有人的头
照他所说，我没有出离
是执着于一个相反的观点
世界上那么多扯蛋的事
归根到底，都是信还是不信
一些人在一些很怪异的房子里念念叨叨
指引另一些人走上正确道路
他们知道有一些人会供养他们
听他们胡说八道

你所有观点他都不会赞同
煞有介事地引经据典
告诉你摆脱痛苦的方法
就是没有痛苦的感觉
不生气的方法，就是没生气
不着急的方法，就是没着急
你被激怒，说明你非常脆弱
你不高兴，因为被攻陷

我不想知道金刚经在说什么
不想修成他那个样子
我也不想盘腿打坐
闭着眼睛胡思乱想
我就喜欢
用自己的杯子喝茶
我还要用紫砂的壶
用斗彩的杯，虎跑的水
品出二道茶略淡
三道稍浓

花很多时间
做佛陀不屑一顾的事情

徒劳无功

岂知功已积成

体会完美的痛苦

未必不享受

执着不切实际的期待

或许很充实

佛陀拿我没办法的时候

只好放弃我，让我去痛苦

如果他大度，应说——

此乃佛陀之境

女儿

是一个目的地
没有目的的
是归宿
无须过夜
可以到想象中的任何地方
在地图
上
也可能不在
只在想象
中

两个轮子
需要的时侯才装上
倚在马背上

马也空灵

草船借箭

总有贵人相助

不紧不慢地

恰到好处

下一个目的地

在

应该、必须、无奈、想往、召唤

其中一个地方

arts

不是 fine arts

一个泛泛的

人多处

譬如一块面包

许多
没有使用过的东西
也创造了价值
譬如一块面包

从一株大麦开始
经过漫长的生长
培养
教育
历经风雨
倒伏，爬起
灌浆
被收割
晾晒

脱粒
碾磨出粉
剩下的麸子去制作饲料
这其中，已经养活了一些人
和一些马、牛、猪
进入面点厨房
带着感情揉和
捏制成形
送入烤箱
像被送进火化炉
烘焙
奇异之果
发出奇异之香
一生中散发一次的
异味
而面包师和烧炉工
都已从中受益
最后
在黄油、奶酪、果酱的陪护下
被送到餐桌上
不幸的是

它被当作残羹厨余
成了泔水

然而
不幸的事总是幸运
它已经被买过了单
又去茁壮某一头猪

时间分配

我的时间不多
除了工作
我读书写作
我健身游泳，喝酒唱歌
借出差机会旅行
跟女孩子们谈恋爱
过一些年
我的时间更少
除了读书写作
我喝酒唱歌
跟女孩子们谈恋爱
再过一些年
没有时间了

我只跟女孩子们

谈恋爱

速写老板

那些能干的人
多半出于本能
有人说他能干
他就愈发能干
工作变成责任
目标当作使命

脚上钉上马掌
后臀打上烙印
从此宿命就是奔跑
目标永远在前
无数条目光挥舞
鞭策他追求完美

这些人
大多是叫老板的那群人
小部分是一些官僚
个别几个野心家
像刘邦见秦皇出外
便曰：大丈夫当如是也
项羽亦曰：
彼可取而代之

这些人
已经是一群强迫症患者
一种思想
被徒劳地加以抵制
既要功成事遂
又要尽善尽美

若是强调结果
不管过程粗糙
温文尔雅，难得一统
伏尸百里，终成霸业
假如知道没有结果
就让过程充满诗意

而且慎独慎微

诚中而形外

这些人

心中没有风景

目光越来越苍茫

内心越来越焦虑

最后一刻还在工作

最后的信息还在草稿里

一万年太久

只争朝夕

几十年如一日

如太阳东升而西落

这些人，是上帝使臣

还是魔鬼派遣?

控制不了自己

却控制了世界

将人类变形极速蜗牛

拖上疯狂赛车

调侃自己

当回头看自己一生
竟有多少可笑的事情
对某个女人的迷恋
被婉转地回绝
一次幼稚的求爱
遭众人耻笑
为制造一个偶遇
在隐蔽处苦苦等候
送出去的礼物
被无情退回

为此付出时间
感情，以至金钱
很多钱为此打了水漂

如果购成房产
几十年下来
不知翻了几番
如果用那些时间
足以铺成一条成功路
或用浪费的感情
把婚姻浇铸得无比坚固

如果看到自己的表情
奋不顾身的情状
会羞愧至极
甚至无地自容
几十年后，当年的一幕
还会让我冷汗涔涔
所以希望事情再发生一遍
要表现得像个绅士
既达到了目的
又不失优雅

好像多大罪孽
要用余生赎清
然而糗事诸多

与我生命伴随
想想一个人的伟大形象
并不都是高风亮节
像个喜剧人物
无法让自己悲壮
一出接着一出
把自己笑出眼泪

我的中国梦

我的古老祖先
他们
没有给我留下五百亩地
以至于
我现在为了一块地
伤透脑筋
我的爷爷他
大概知道我的想法
就打点行装
从山东荣成的一个渔村起身
冒着漫天飞雪
来到佳木斯
我爷爷是个木匠
想象他是很好的手艺人

既肯干又聪明
有点像我
还是我有点像他
一年后他回到村里
用钱和他的荣耀
购置了十几亩地
下一年又买了十几亩
一年又一年
我的理想眼看就要实现
他当上地主
雇一帮长工
让他们吃香喝辣的
自己也不再出去乱闯
想着想着
他的秘密就叫人听到了
在一个月黑风高夜
他的买地钱连同命
一并被人取走
那年我爸爸四岁
我见过的我爷爷
是后来续上的
从此我们家的人

再没有做过地主梦
也幸好没当上地主
直到我
这要感谢那个谋财害命的人
否则
你懂的
而我确定自己有了要一块地的愿望
不是雇一群农民在上面种地
而是在上面盖上库房
放满书
让思想生长
我要是有五百亩地
（这个愿望真的不高）
就如同我想在心里
有一块领地
属于我自己
我在这里
跟现实或是理想中的人约会
我只需在想象中亲吻她
看着她神采飞扬

耶稣的不明来历

耶稣是个神秘的人
教徒都讳言他的来历
说约瑟还没来得及跟马利亚同房
马利亚就有了身孕
像我这样少见多怪的人
会以为耶稣是个私生子
为什么两千年没有人考证
以讹传讹
还是怕亵渎神明
遭受天谴

约瑟得知马利亚出轨
心里盘算把她休退
正在思念此事的时候

主的使者在他梦中显现
告诫他：大卫的儿子约瑟
娶过马利亚作你的妻子
她之所怀来自圣灵
不要怀疑她的清白

这事说来越发蹊跷
无从知晓约瑟的心情
主占了约瑟的便宜
还要强迫他接受事实
主如果行使初夜权
普天之下莫非他的子女

约瑟不敢跟马利亚同房
因为她已被主占领
等她生了头胎的儿子
就给他起名耶稣

为了躲避大希律王追杀
耶稣跟随父母逃往埃及
他如何从小就知道自己的使命

把原罪加诸每个人身上
耶稣是一个智者如释迦牟尼
或是愚顿如六祖慧能
说是神要到人间做自己的事情
因此道成肉身基督

都说犹大为了六十块银币
出卖了耶稣，最后被彼拉多钉死
死后三日复活，四十日升天
人们宁可相信这离奇故事

鬼才信耶稣是救世主
独善其身，他救不了任何人
十字军照样东征
以收复圣城之名
基督徒照样大开杀戒
打着保护人民的旗号

罗马人彼拉多实在莽撞
钉死耶稣就成全了他
耶稣并不威胁他的统治

相反是让人民服从

可怜彼拉多背负的罪名

比十字架还重